KB115718

뭐해?
김 변리사

뭐 해? 김 변리사

발행일	2015년 8월 21일		
지은이	김 영 환		
펴낸이	손 형 국		
펴낸곳	(주)북랩		
편집인	선일영	편집	서대종, 이소현, 이은지
디자인	이현수, 윤미리내, 임혜수	제작	박기성, 황동현, 구성우, 이탄석
마케팅	김회란, 박진관, 이희정, 김아름		
출판등록	2004. 12. 1(제2012-000051호)		
주소	서울시 금천구 가산디지털 1로 168, 우림라이온스밸리 B동 B113, 114호		
홈페이지	www.book.co.kr		
전화번호	(02)2026-5777	팩스	(02)2026-5747

ISBN   979-11-5585-726-7 03810 (종이책)   979-11-5585-727-4 05810 (전자책)

이 도서의 국립중앙도서관 출판예정도서목록(CIP)은 서지정보유통지원시스템 홈페이지(http://seoji.
nl.go.kr)와 국가자료공동목록시스템(http://www.nl.go.kr/kolisnet)에서 이용하실 수 있습니다.
(CIP제어번호 : CIP2015022695)

인생과 자연을 노래한 김영환의 두 번째 작품집

김영환 지음

뭐해?
김 변리사

북랩 book Lab

서문

덜컹덜컹 산통의 시작이다.

지하철 1호선.

금정 역에서 가산디지탈단지 역까지의 출근길 전철 안은 일상의 시작始作이자 시작詩作 공간이었다.

탑승 시간이 채 20분에 불과하여, 스마트폰 메모창에 못다 채운 때에는 나머지 공부하듯 사무소 건물 뒤켠 흡연 공간 벤치에 앉아 서둘러 마무리를 하곤 했다. 이렇듯 전철 안에서 출산된 글들이 이 책의 7할 정도를 차지한다.

물론 그 전의 수정과 세포분열의 과정은 훨씬 전 전철 밖 삶에 있었음은 말할 나위도 없다.

책장을 넘겨보면 알겠지만, 몇 편은 생성과 분화 및 출산 장소가 전철로 단일화되기도 한다.

그러나 퇴근길 내 모습은 딴판이다.

스마트폰 장기와 맞고 앱에 이끌려 때론 금정 역을 지나치기도 한다.
한 잔 하고 늦은 밤 전동차에 오를 때면 예행연습 삼아 불안감을 억지로 누른 채 경로석의 안락감에 빠져들기도 한다.

언젠가 길게 뻗은 하구언 방조제에 올라 도리질로 안팎을 바라보았다.
여기까지 내딛고 오느라 지쳐 몸져누운 황톳빛 수면 위로 내 그림자가 포개어져 있었다.
건너편에서는 거칠게 팔랑대는 검푸른 수면이 물컹한 홍시를 막 삼키고 있었다.

이젠 저 수문을 빠져나가야 한다.

목차

삶과 사람과 세월과

일상의 재발견

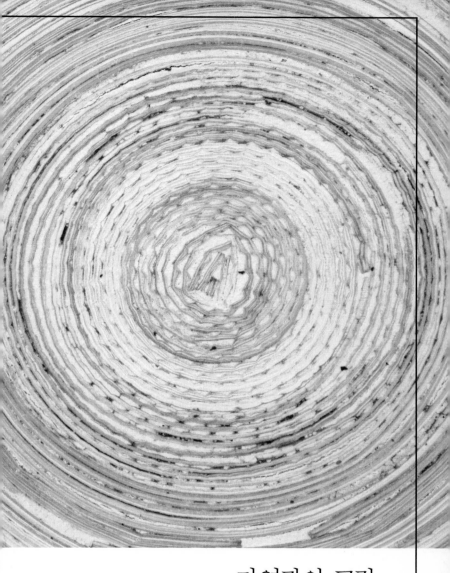

자연과의 교감

산 · 돌 · 물 · 풀 · 꽃 · 계절

벚꽃

우-와
튀밥이다

무쇠껍질
꼬챙이 가지가지
연분홍 박산이다

하늘 향해
하늘하늘

뒤늦게
봄 햇살 내려앉는다

벗과 벗나무

몽실몽실
꽃구름 지난 자리
빠알간 구슬꽃 맺혔네

벌써 달포는 지났는갑다

검터래끼
빼곡한 자리
허연 파뿌랭이 어지러이 숫았구나

얼추 반백 년 지났는갑다

그쟈
이눔아야

백마강

뽀오얀 흙먼지 일받으며
포효하듯 질주하던
덤프차 지난 자리

고요만이 남았네

넓어져 허전하고
깊어져 창백해진
게으른 백마강 물살이여

강물의 여정은
지날수록 더뎌지건만

인생 물길은 갈수록
급물살일세

봄

겨우내 몸뚱일 감쌌던 코트 자락에
뭔가가 달라붙어 털어내려 툭툭 쳐
봐도 당최 떨어지지 않기에 자세히
들여다보니 봄이 찰싹 올라 붙었네요.

거-어 참!
바야흐로 봄입니다.

길가의 마른 풀들 사이를 비집고
쑥이 쑥쑥 뻗어 오르는 봄입니다.

뜯고 난 닭뼈 같은 가지가지 개나리
가지마다 샛노란 꽃잎이 삐죽삐죽
큰 좁쌀만한 얼굴을 내미는 봄입니다.

작년,

그 작년 이맘때 같이

금정역에서

두어 달 전
바람 없던 그날 밤
소복소복 소담스런
눈덩이 벚나무 가지
벗하여 내려앉더니

어허라
그때 그 가지
뭉글 뭉글 꽃덩이
쏟아내고 있구나

겨울 산행

용대리 대롱대롱
황태가 서럽다

그늘 짙은 산 들머리
얼어붙은 뽈따구니

가쁜 숨 몰아붙여
능선 눈길 올라서니

모락모락
버얼겋게 달궈졌어라

봄과 함께

나만큼
저들도 반가운가 보다

여린 잎새
마른 껍질 비집고 나오느라 지쳤으리라

언 땅 마른 물
가지 끝 봉오리까지
끌어올리느라 숨도 웬간히 차올랐을게다

그런데도
지친 숨 감쪽같이 감추고선
환한 웃음꽃으로 반기고 있으니 말이다

우리도 그들처럼

푸른 잎들 가득한 틈새로
꽃이었음을 가까스로 증거하는
마른버짐 같은 꽃잎들이 애처롭다

서러워 마라
꽃 지고 열매 맺거늘
지는 꽃을 아쉬워하랴

벌겋게 달아올랐던
생채기는 흉한 흉터로 거뭇하다

빛바랜 꽃잎 떠나간 자리엔
빠알간 언약이 녹음 속에 영글어 간다

하구언

이제사 다 왔다
염장의 종착이다
긴 여정 끝 황톳빛 시름
갯벌 속으로 사위어 간다

퐁퐁 솟아올라
산 이슬과 동무했었지
계곡 너른 바위
무등 타고 미끄러졌다
논과 밭 사이 여울에서
버들치랑 멱도 감았다

그리고
떠밀려 떠밀려
이곳까지 흘러왔네

벤치의 휴식

그 벤치는 수리산 들머리
된오름 끝자락에 누운 듯 앉아 있다

뒤 둘러선 때죽나무는 순백의 환한
꽃무더기로 짙은 그늘을 드리우고 있다

초여름 햇살의 오월
사월 초파일
산우의 성불사 오르는 숨소리
거칠게 지나쳐 간다

내림길에 보았다
졸고 있는 벤치 등허리에
꽃들 너댓이 내려앉아 나지막이
소근대고 있다

할미새/꽃

개울가 따끈하게 데워진
호박돌들 사이를 통통통
튀어오르는 할미새

무덤가 보드라운 녹색기모
빼곡한 사이를 솟아올라
고개숙인 할미꽃

할미새의 부산에 멍에 얹은
무논 덩치소 덩달아 용을 써대고
할미꽃의 고요에 잠시 고개를 숙인다

무슨 인연으로 꽃과 새가
같이 할미가 되었누

개망초

벗겨지고 파헤쳐져
벌겋게 드러난
절개지 사이로

한마디 위로도
추호의 뉘우침도 없이

바람보다 빨리
바람보다 요란하게
길게 누운 사다리 위를
미끄러진다

벗겨지고 파헤쳐진 아픔으로
서지도 눕지도 못한 사면엔
고름인 양 개망초 홍건하게 피었네

가을 사랑

가을이
잠실 선착장에
첫발을 내딛는다.

가을은
탄천을 거슬러
남녘을 물들이며
내리
달린다.

눈꽃 산행(1)

온통 눈이다.
아니, 눈 속에 티끌 같은 내가 있다.

천지간 경계도
방위도 고저도 일순간 삼켜버린
눈의 포화 속에서 간신히 꼬물대고 있을 뿐이다.

괜한 미련과 아쉬움으로 진즉에
떠나보냈어야 할 숱한 푸른 잎을 매달고
저 홀로 동장군과 씨름하던 소나무 장수는
깃털보다도 가벼웁고 솜털보다도 보드라운 송이송이
눈꽃송이 무게를 버티지 못하고 둥치째 동강나 뒹굴고 있
어라.

흰 눈은 모래밭 나일강변
하이얀 궁전에도 내리고 싸여
사각 용모에 처용 눈매로 안타깝게
미련 떨던 이마저도 넘어뜨렸어라.

눈 덮인 경포 백사장엔
숱한 밤 은밀하게 애무하던
연인을 빼앗긴 성난 파도가
허멀건 게거품을 앞세워
속절없이 세차게 밀려들 뿐

뭐해? 김 변리사

속리산

그야말로 쑤셔놓은 벌집일세

세상 속에 흩어졌던 수십 벌통 한데 모아
세속 저편 속리(俗離) 산중에 풀어 놓으매
먹장구름 먼저 놀라 청명하늘 뒤로 한 채
그 흔적이 묘연하네.

배낭 울러 매고 삼삼오오 무리지어
비 갠 송림 속을 활보로 치받으니
높아 뵈던 산 만디이가 지 절로 허리 굽혀
발밑으로 기어드네.

다시금 헤쳐모인

고딩 동문 들다보니

자연과의 교감 ·

에헤라디여 조쿠조타.

조껍디이 술도 좋쿠
사방으로 둘러앉은
너도조쿠 니도조타.

방태산

골골골
개골 개골

산중 땅거죽 뚫고
솟아올라 모여든
계곡 물줄기

퍼질러 돌아누운
너럭바위 등짝 위로
흥겹게 미끄러져 내리고

계곡 물길 이웃한
한자 폭 실낱같은
수풀 길

등짐 진 더딘 행렬
힘겹게 오르네

물길은 수이 내리 흐르건만
턱숨 찬 발길은 무얼 찾아
거슬러 오르는가

수리산

수리수리 마수리
뒷산 수리산이 마술을 부린다

꽃향기와 연록의 여린 잎새
화안한 손짓에 홀려
긴 잠 끝에 움찔 들썩대는
대지를 밟는다

눈 덮혀 얼어붙은 그 속에 발디딘
온갖 나무들랑은 시름거리며
마감을 고하는 줄 알았는데

당최 상상할 수 없는 지경으로
성큼 다가와 손짓하니 이 아니
마술이고 도술이랴

청량산

청량산 솟을대문 마중문 앞
강 건널목 다리발 저 아래를
조는듯 더디게 휘감는 물길 속에서
부챗살 꼬리질로 유혹하듯 유영하는
팔뚝 누치의 여유로움이여

차 트림에 놀라 차창에
문드러진 뿔을 떼어 목 고갤 드니
앞도 옆도 산이요
울울창창 산산산 나무나무나무
울창수풀 만디이론 그슬린 듯
거무한 방구절벽 버텨 섰네

골이 깊어야 산이 높은 법
허리가 짤록해야 궁디가 한층 커 뵈듯

골 깊은 청량의 산마룬 더 더욱 치솟아 뵈고

손바닥 마꿈한
하늘을 머리에 인
녹색 청량의 캔버스 위로
부릉부릉 물감 통들이 색색깔의
안료를 점점이 쏟아 흐트려 노으매
그 이전도 작품이요, 이후도 걸작일세
형형색색 벌과 나비로 뒤덮인 청량이란

박카스 구론산이 이에 비할소냐
포카리 비타오백이 감히 얼굴을 들것인가
이곳 청량산으로 날아든 반도의 벌나비들에겐
더 없고 가없는 절정의 청량제가 있음에

이는 낙동 애기 물줄기 곁에서의

귀를 씻어주는 동무의 웃음소리요

콧속을 파고드는 제수씨의 향수내음이요

눈을 안타깝게 하는 일마 정수리의 듬성한 흰 머리칼이요

목구녕 속을 급물쌀로 미끄러져 내려가는 탁배기의 거친

호흡이라

가을 속으로

한풀 꺾인 게으른
가을 햇살 아래

사알짝 불어오는
서늘한 바람

수줍게 일렁이는
탄천 매끈한 수면 위로

반짝이는 물비늘
조각조각 하늘을 난다.

살치재

가을산
가르마 길을 따라

타닥타닥
오름 잰걸음을 재촉하노라

앞선 이의 날 선
종아리에 인도되어

내가 산이 되고
산이 내가 되고

겨울 관악

검 벌거지
흰 강아지
보드랍은 털숲을
헤집듯

겨울 관악의
은빛 캐시미어는
따숩더라

눈꽃 산행(2)

해 뜨는 동쪽
눈 덮힌 산 우에서

찬바람 맞서 일어서는
기운찬 물결을 마주하고

뭍바다 경계를 달리는
열차에 몸을 싣고

정월 샘에 고여든
쪽박 소망을 똘망한
시선에 태워 파도와 함께
춤추게 하리라

나무가 내게

그윽한 그늘 속으로 여름을 유혹하고
따뜻한 채색으로 서늘한 바람을 불러들인다

겹겹 팔랑치마 일순간
벗어내려 찬서리 함께 눕네

바람아 불어라
막힘없이 거침없이
헤쳐나가라고

말라 비틀어진 세 갈래
새발 같은 앙상한 가지
성성한 눈바람 길목을 비켜섰다

넌, 춥니?

삶과 사람과 세월과

기쁨 · 행복 · 희망 · 추억 · 인연 · 사랑 · 생명 · 잊혀지는것들

무궁화호

시골집 벽장 속
두툼한 앨범인양

너르고 느려진
객차에 올라 버얼건
세무천에 등을 기대면

투둑투둑
때론 몽글몽글
벽장속 깊숙한 추억들이
인화되어 차창을 스치운다

풍화작용

난 쓴 쏘주가 좋다

살다 보니 어느덧
쓴맛에 익숙해졌다

쓸쓸함을 달래는
씁쓸한 쐬주가 좋다

쓴 소주로 아문 상처
혀 굴려 쓸어본다
없다

12월 1일

얼추 다 건넜나 보다
오늘 그 열두 번째 돌을 디뎠다

뒤돌아 굽어보니 물길은
사납고 징검돌들 듬성하다

난 지쳐가는데
강물은 거칠어져만 간다

여하튼
고맙습니다

올 한 해도

한 해의 끝자락에서

오늘로 한 주 남은
지금 기분 어떠하신지요?

바람 차고 구름 짙어 오들오들한 날씨가
기분을 대신 말해 주는 듯하다구요?

그럴 겝니다.
세월이 쌓여가는 것이라면
제법한 높이를 이뤘을 테고
흘러가는 것이라면
하구언이 멀지 않았겠죠.

별 쌓아놓은 것 없고
깊숙하게 쟁여놓은 것도 뵈질 않죠?

설사 그럴지라도
고개 들어 앞뒤를 보세요.

벽밖에 안 보인다구요.
그럼 집은 있으시네요.

지랄맞은 잔소리가 거슬린다구요.
가족도 있으시네요.

수시로 까똑까똑 성가시게 한다구요.
신식 기기와 구식 친구까지 있으시네요.

그렇게 우울하거나
처진 처지는 아니시네요.

지금 문 밖에서
똑똑 노크하는 저 이
반갑게 맞아들여야죠.

성곽길 들머리

소한 지난
대한 사나흘 전
중년을 훌쩍넘긴 1호선 전동차
한기를 쏟아내는 아침햇살을 뚫고
한강을 건넌다

세월의 강을 거슬러
해돋는 동쪽으로 달린다

자! 열어라
동대문을 열어라

보아라
너는 나를
나는 너를

살짝 바래어졌을 뿐인
십팔세 청춘들을

흰 쌀밥이 좋아

한겨울 막 지난 벌논 보리밭에서
한 고랑씩 차고 앉아 지독하게도
독새풀을 쪼아댔었다

오월 바람 없는 햇살 아래
들판 가득한 기계음 속에서
자욱하게 날아오르던 까끄래기
온몸으로 받았다

폐지된 보리 수매로
밥상을 잿빛으로 물들였던
겉보리 가득한 고봉 보리밥

거친 기억들은
되돌릴 수 없는 입맛으로 남아 있다

흐르는 강물처럼

잎새만이 바람에 흔들리랴
흐르는 것이 강물뿐이랴

여린 잎새 흔들리며
짙어져 가고
저 강물 흐르면서
깊어져 간다

그렇게
흔들리며 흘러갈 일이다

세월의 잔등에 올라
고삐 단단히 움켜쥐면

그대 늙지 않으리
강물만 흘러가리니

그땐 그랬었지

해거름이면 지줌 소 이까리를
거머쥐고 팽팽하게 부풀어 오른
배때지를 앞세워 집으로 향했다

잔고기들 잔잔한 물 위로 뛰어 오르는
천변 뚝방길을 타박타박 걷노라면
앞선 소가 지 딴에 몸개그를 한다

꼬랑질 살짝 치들곤 부챗살
말미잘을 씰룩이는가 싶더니
당초에 막혔던 궁가리가 아가리를
쩌억 벌리며 길 위로 시커먼 거름을
철푸덕   철푸덕 뱉어낸다

앞선 소는 보행 간에
띄엄띄엄 볼일을 보고
뒤따르는 아이는 고것도
볼 일이라고 한 참을 궁디
치다보노라면 어느새 집 앞이었다

반 백 이후

지긋한 눈길을 줄 일이다
지나치는 눈인사에 미소를 머금은
침묵으로 화답할 뿐이다

다가가 자세히 볼 것만도 아니다
때로는 저만치서 배경 속에 박힌
오브제를 바라볼 일이다

미지근함이 미련함이 아니듯
뭉근함이 속터질 일도 아니리라

저 강물처럼 소리 없이
큰 무리로 흐를 일이다

단절

마빡에 솟아나는
송글땀 알알이 엉그는
결실의 땡볕으로

속빈 파아란 쭉정이
실하게 채워주고 싶어라

헤겔과 하이데거는 언감생심이고
노장자 경허 탄허의 가르침에는
당연 못미칠지라도

이슬 가득한 새벽 바지게
우물 앞마당에 털썩 부려놓던
애비 아비의 근면의 삶을

아비가 장만한
솥에서 삶고 고아서
너의 빈 부대를 채워주고 싶건만

엿보다 엿보다
세월만 가네

사랑 그리고 행복

거리마다 행복이
골목길 따라 사랑이
서로 앞다투어 밀려옵니다.

사랑과 행복으로
가득한 우리 동네
가로를 누비며
골목을 헤집는
우리 동네 마을버스는

행복운수와
사랑교통입니다.

세월아

고맙다
세월아

너의 근면에
비로소 경의를 표하노라

숱한 원망 속에서도
차곡차곡 채워 놓았더구나
오늘 그 흐뭇한 곳간을 들여다보았네

수학여행 -동문 합동산행

관광버스 여나무 대
분명코 한 학년 육칠백

이십구반부터
칠십구반까지

지 멋대루 복장에다
두발 상태는 불량의 정수리
개중엔 여학생까정 동반하곤

계룡산 우거진 수풀
어둑한 그늘 아래
반반이 둘러앉아

술술술 술과 함께

추억을 삼키노니

갑사 마른계곡
흘러내린 실 물줄기
아득히 이어졌어라.

행복 幸福

행복은

감촉일까
포만일까

고요함
아님 平靜일까

행복은

무탈이요
다행이다

인연因緣

그저
함께하는
호흡만으로도
효도요

여즉
생존해 계심이
천만 多幸이라

시월 밤바다

흐르는 세월에
추억을 실려 보내고
불어오는 가을 서늘한 바람에
고단한 시름을 태워 보내노라

그대여
오라!

간단없이
철석대는 밤바다
넘실대는 파도와 한 물결되어
지나쳐온 희끗한 고개마루
미소로 되돌아 보세나

등짝

보태기일까
빼기일까

여적지
어느 한 날도
공일날없이 줄창
등떠밀고 있는 세월은

완만한 풍요의 언덕으로
아님 그 언덕의 정점에서
밀어젖히고 있는 건 아닌지

괜시리
볼 수 없는
등짝을 뒤돌아본다.

녹차밭

한가득 움켜쥔
거친 손아귀

갓 피어난
어리고 여린 잎새여

밤바다 낚시

그대는 아는가

그대가 맞이한
이 환한 새벽은

서걱이는 砂場에서
바짝 달아오른 눈빛으로
칠흑을 녹여내고

긴 장대 휘적 휘적 휘둘러
몰아낸 어둠의 빈자리임을

일상의 재발견

미소 · 공감 · 의문 · 풍자 · 설렘 · 찰나의 역습

도심 속 숲향

주름골 가득한 거죽이다
한데 섞여 어느 것이 손가락이고
더덕인지 알 수가 없다

더덕이 손가락 거죽을 벗겨내고
있는지 손가락들이 더덕을 발가벗기고
있는 것인지 하여튼 동족상잔의 현장이다

오가는 길가 찹은 바닥에 주저앉아
구부정허니 느긋한 할매의 새빠른 손놀림에
오늘 하루도 진한 숲향 머금고 집으로 간다

북한산

나 먼저 올라
떡허니 앉아계시네

실은
애기 배밀이하듯
힘겹게 다가서는 모습을
한참은 내려다 보았을 게다

죄송하지만
민머리 짱배기 우에
잠시만 궁디 붙이면 안 될까요?

김

반듯한 네 모서리
검푸른 바다 기품 깊어졌어라

채곡히 드러누워
펄떡이는 파도 잠재웠어라

희번득
매끄러운 자태
둘러앉은 눈길 모였어라

그렇구나
뽀얀 광폭벨트 허리 두른
이유가

오금펴기

비좁아 웅크린 채
오금도 못 펴다가

간신히 비집고 나와
겨우
숨 좀 돌리려나 했더니

좁아터진 널이
이제 그만 들어오라 하네

그나마
드러누워 두 다릴랑은
쭈욱 펴겠구먼

숟가락

어허 이건 아닌데

이따금 들렀던 식당
간판이 바닥에 뒹굴고 있다

계란 턱선 마냥 갸름하고
미소 속 보조개인 양 오목진
내민 혀
닮은 그대여

그래 우리 그간
뜨거웠었지 서로
혀를 부딪고

한테 엉켜
진한 육수를 함께
음미했었지

지금 어디
어디로 갔단 말이냐
간다는 말도 없이

세태를 나무랄까나

환승역

옆구리 터졌다

빼곡한 고단함
왈칵 쏟아져 내린다

커피와 숙녀

2.5
3.0
4.0
4.5

학점 아닌,
바쁜 발길 속 지나치는 눈길에
맺힌 커피점 가격표

아하
사천오백 원 담배값이
헐한 거구나

건물 앞 마른 분수대에 꼬고 앉아
두툼한 복대 두른 종이잔 내밀고선

하늘 향해 구름을 띄우고 있는
저 녀

순간만은
브르주아다

안티-에이징

기대할 일이 있고
기대할 꺼리를 연신 찾아내고
그리고 기댈 이가 옆에 있다면

그대 늙지 않으리
세월 저 홀로 늙어 가리니

말테보단 말태가

'잔인한 사월'이란 왜일까
정답은 이어지는 오월에 있다
초하루부터 이어지는 연휴다

느닷없는 휴일에 새벽 식탁에서
한가로이 라이너 마리아 릴케의
'말테의 수기'를 읽노라

읽다 보니 서양 말테란 청년은
꾀재재한 반백수 찌질이
전형이다

방앗간집 막내아들이자
동네 형뻘이었던 말태가 생각난다
중키에 딱바라진 어깨며 팔십 킬로

쌀가마를 떡 주무르듯 했던 그였다

지금은 환갑 언저릴 지나고 있을 테지
어디서 무얼 하고 사는지
살아있기는 한 건지

허락 없이 베란다 창 넘어 쳐들어온
봄 손님이 오히려 반갑기만 한
메이데이 아침이다

키질 체질

너른 마당 한 켠에서 한창 키질이다.

함께 솟구쳐 올랐다간 제풀에 일어난
바람으로 까부라진 가벼운 존재와
더 이상의 공존은 단절이다.

돌방테두리 망 바닥을 어지러이 휩쓸리다
좁다란 해방구 지나 고운 분으로 내린다.

체질 끝에 덩그러니 남은
미탈락의 탈락이여

덧잠

한 달과 한 주가 시작되는
유월 초하루 월요일

눈을 떠보니
사방은 훤한데
갓 지난 다섯 시다

열어놓은 베란다창의
촘촘한 그물망을 헤집고
햇살 묻은 새벽 새의 맑고 고운
모닝콜이 홑이불 속으로 파고든다

다시 눈을 감는다

여보

잡아놓은 고기인가요

이 집은 내게 살림집이
아닌 살림망인 듯하오

당신이 꺼뻑 죽는
아들 놈의 부친이 나라오

치킨도 햄도 치즈도 싫소
반조리 봉다리 뜯기도 지겹다오

엊저녁 퇴근길

난전을 지나며 보았던

열무 질끈 동여맨 매끈한

두 가닥 짚끈이 사기 사발에 잠겨

찰랑찰랑 어른거리네

여보

괜히 한 번 불러봤소

님의 폰

난 그대의 폰이에요

잠시라도
그대 손길 떠난 적 없고
날 향한 님의 눈길 그윽하지요

행여 잘못될세라
그대 손길 벗어날라치면
애탄 목마름 하늘을 치솟지요

잠든 그대의 머리맡을
뜬 눈으로 지샐지라도

무시로 톡톡 두드리는
그대의 손끝 속삭임에
어느덧 두둥실 하늘을 날죠

삼시 세끼 삼시기

마른 마당 한가운데
녹슨 화덕이 활활 타오른다

딱 바라진 어깨에
서글서글한 눈매의 삼시기 둘이
장작 대신 대파를 패고 꼴 아닌
묵은 김치를 베고 있다

오롯이 지들 목구녕만을
채우노라 하루 해가 분주하다

우리 엄니 반질반질한
검정 솥은 사라진 지 오래건만

달려라 버스야

또 오련만
방금 떠난 버스가 아쉽다
몇 정거장 지나면
내려 전철로 갈아타련만
발은 단을 딛고 손은 내밀어
리더기 앙칼진 비명을 확인하면서
하릴없이 휘이 둘러본다
역시 오늘도
외팔이 벌 받듯 한 팔
치켜든 채 다른 손으론 능숙하게
네모난 페이스에 볼 터치를 한다

일순간 설 채워진 큰 깡통 속
내용물들 한 쪽으로 쏠린다
앞쪽 모서리
질긴 아크릴 투명 벽에 갇힌
희끗한 머리칼
여전하다

상실의 바다

힘겹게 산을 오른다
마침내 올라선 뾰족 정점에서
거친 숨을 가라앉히고 내려다본다
내려다 뵈는 상실의 바다
저 성냥갑보다도 작은 한 동도 없다
아니 갑 속 한 가닥 성냥개비보다도
못한 한 칸조차 없다
좁다란 검은 띠를 따라
스멀스멀 떼 지어 오가는
벌거지들의 행진도 아직은 남의 일이다
높아질수록 상실의 깊이만 더해간다
이젠 저 바다 속으로 내려가야지

나의 기도

용기를 주세요
출근길 플랫폼을 걷어붙인
두 팔로 매끈하게 밀어 붙이고 있는
아줌마에게 미소 띤 눈인사를 건넬 수 있는
용기를 말이오

용기를 주세요
건물 뒤켠 어지러이 내뱉어진
가래침 탄흔과 백오밀리 순백 포신들이
연신 뿜어대는 포연 자욱한 흡연 공간
전쟁터를 말끔하게 쓸어담고 있는
저 이에게 헛인사말이라도 건넬 수 있는
그런 용기 말이오

용기를 주세요

온종일 걸어 잠그고
틀어박혀 있는 덩치만 큰
저놈 방문을 쾅쾅 노크할 수 있는
용기도 말이오

허공

누운 채 살며시
침대를 수평이동시켜 본다

창 쪽 안방 벽을 지나
네댓 뼘 폭의 베란다를 건너서
통유리 굵은 창을 가볍게 통과한다

내리 보니 아득하다
둘러보니 첩첩 벽들이다
치다보니 휑한 허공이다

신령도 선녀도 아닌
내가
공중에 둥실 떠서
드러누워 있을 줄이야

나무 관세음

지겹지는 않을까
무진 답답하겠지

아니라오
움틔운 이 자리에
이제껏 서 있소만
염려와는 다르다오

땡볕과 폭풍한설을
제자리에서 꼼짝없이
온 몸으로 받고 있소만
견딜 만하다오

초여름에 드리운 꽃그늘 아래로
잦아들어 어깨를 기댄 채
소근대는 연인들을 곁눈질하며
그들의 밀어를 엿듣는
나름의 재미도 있다오

조삼모사

아침엔
삼각김밥

저녁은
사발면

지나치는
편의점 창 너머
젊은 그네들의 익숙한 풍경

경계

이
아픔은

미련인가
미련함일까

공감

기부寄附
기부Give

고것 참!

눈

발밑에
질척이는 눈
눈에 밟힌다

지금
내 옆서
질척대는 이 눔도

첫 눈엔
순백순진 했는데

도다리

희디흰
순백의 살결 너머

거무튀튀
페트로 빛 거죽

양 단 흑백의 틈새
무척이나 속 시끄러웠나보다

마침내
튀어나온 누깔
한 켠으로 몰렸네

난 모르겠네

7호선 가리봉역
스크린 도어 투명창에
선명한 선한 서체로
목전에 다가선 싯귀

난 모르겠네
뭔 말인지

머언 나라의
친숙한 모국어

터널

질주 끝에
콧구녕 속으로 훌쩍 빨려들었다

순간의 암전
어렴풋 일어서는 짙은 포위벽
벽의 연장이 빚어낸 비강

그 속의 차가운 점액질
목덜미 타고 흘러내린다

이윽고 맞이한 반암전

사이드미러 속
산등성이 하나 멀어져 간다

대머리

봄 햇살에 헐거워진
땅거죽 비집고 솟아오른
대지의 모발을 바라보다

행여
너른 마빡을
살포시 쓸어 넘겨본다

인터랙티브

아침저녁 오가며
이젠 제법 눈 익은 육교
난간벽 아래 너댓의 난전

푸석한 땅콩장수 아제가
온갖 자줏빛 스카프 끌어안은
아낙에게 종이커피 한 잔을 건넨다

이따금 내비치던 측은한 눈길에
그네들도 같은 눈길로 화답했을 테지

설레임

저 모퉁이 돌아
이제사 다가올
환희의 폭주 기관차여

두근두근
기다리노라

깔아뭉개고
지나칠지언정

아직은

엊그제 받아 쥔 영장을
바라보며 바들거리는
아들놈이 애처롭다

대한민국
병무청에 청하건대
차라리 날 다시 불러주오

내 아직은
저 놈보다 총질 잘 하고

더 멀리 그리고
더 빠르게 무장구보든
행군이든 할 터이다

정박배

일렁이는 항구 저편
바다 속 깊숙이 처박힌 닻에
목줄을 길게 매달고

핏발 맺힌 눈길로
다가갈 수 없는
원망의 포구를 갈망한다

한 때 뭍을 향해 밀려드는 물살에
안기듯 가까워져 포구 향한 원망
일순 잊혀지는가 싶더니

순간의 변덕으로 다시금
멀어져가는 포구의 방파제여

마당 한 켠 바튼 목줄에 매인
강아지 부산하다

길다란 밧줄에
꿰인 코 부여잡고

감금의 바다
조각 물결 위에
흔적도 없는 윈호를
그려내고 또 그려낸다

인연

옷깃만 스쳐도
인연이라는데

도대체 이 인연의
깊이는 얼마만큼일까

옷깃 속 살갗이 서로 부딪고
발등 위로 발바닥이 빗겨 지난다

뜨거운 호흡 목덜미를 스치운다
마침내 들려오는 희미한 신음소리

얼마일까
이 광활한 인연의 질량은

만원